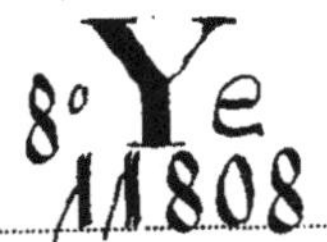

JEAN PAUL TERSANNE

INQUIÉTUDES

POÈMES

AVIGNON
AUBANEL FILS AINE, Editeur
15, PLACE DES ÉTUDES, 15
1926

INQUIÉTUDES

A mes Amis !

JEAN PAUL TERSANNE

INQUIÉTUDES

POÈMES

AVIGNON
AUBANEL FILS AINE, Editeur
15, PLACE DES ÉTUDES, 15
1926

INTENTIONS

« *Il faut avoir les yeux ouverts à
l'étrangeté de ce monde* ».

J. RIVIERE

Les mystères de l'univers sont-ils mieux
pénétrés par le chimiste et l'astronome du XXe
siècle que par l'homme de la préhistoire ?

Les découvertes scientifiques ont multiplié
la force de nos mains ; nous avons appris à
percevoir des rumeurs qui nous viennent des
continents voisins ; l'horizon qui arrêtait nos
yeux a été reculé bien au-delà de la voie
lactée ; nous avons prodigieusement accélé-
léré notre vitesse et accru notre puissance ma-
térielle.

Et après?

Nous voyons toujours les avenues de l'infini s'approfondir autour de nous dans toutes
les directions de l'espace et du temps.

La douleur, la mort, l'amour, la nébuleuse et
l'atome, le commencement et la fin du monde
nous proposent sans cesse les mêmes énigmes.

Quand nous tendons nos bras aux astres,

quand nous nous penchons curieux sur les élé-
ments d'un corps pour en pénétrer la consti-
tution secrète, quand, révoltés, nous cherchons
à nous armer contre la souffrance et la mort,.
quand nous voulons toucher les bornes de l'univers, et nous attacher tous les êtres qui vivent...
en vérité ce ne sont pas les apparences fugitives d'un monde qui finira que nous cherchons:
notre désir nous emporte plus loin.

Il est des hommes qui rassasient leur estomac
d'un morceau de pain, leur œil d'une image,
leur cœur d'un chant, d'un sourire, d'un
parfum.

Pauvres choses!

L'avion, la T.S.F., la beauté de l'univers changeant, et souvent même l'amitié ne sont
que des jouets fragiles, bientôt sans attraits,.
bientôt dédaignés.

La sainte inquiétude de ceux qui pensent
et qui aiment, le sens du mystère, que tout être
raisonnable porte en soi, ne peuvent se satis-
faire d'aucune nourriture terrestre.

Ce que nous cherchons, ce que nous voulons:
le soleil lumineux, chaud, vivifiant que toute
notre âme attend, guette dans la nuit..

Où donc le découvrir?...

C'est ce que je voudrais essayer de dire..

INTRODUCTION

I

« LE TEMPS EST COURT, L'ETERNITE LONGUE »

(Newman)

Pourquoi suis-je ici
Quand l'heure s'écoule
et dans son flot roule
mes frêles soucis?

Quand l'heure m'atteint
du clocher tranquille
sonnant sur la villé
et mourant au loin.

Au loin, sur les champs
que les ombres noient,
où les chiens aboient
après les passants.

Sur les logis clos
s'entassent les brumes:
les lampes s'allument
aux flancs des coteaux.

D'un cri triste et las
le hibou signale
à longs intervalles
le temps qui s'en va.

Soudain, dans la nuit,
un rapide passe
émouvant l'espace
d'un immense bruit.

La rage du fer
longtemps agonise
et se mue en brise
qui court sur la mer.

Cependant qu'au ciel
un astre éphémère
jette la lumière
d'un fuyant appel.

Vais-je m'affliger
des minutes mortes
dont le flot emporte
mon bonheur léger,

quand l'éternité,
sous l'heure qui sonne,
reprend monotone
sa sérénité ?

II — LES MOUCHERONS

Vers l'horizon le jour s'éteint:
sous un vieil arbre du jardin
des moucherons valse l'essaim.

Frêles corps qu'un zéphyr bouscule!

Sur eux la nuit tourne en silence,
auprès du même étang ils dansent,
et chaque année ils reviendront

Vains élans vers l'azur profond !

Sur les forêts au crépuscule
mille astres s'allument et brûlent.
Des parfums planent sur les champs.

Les heures passent une à une.

Inattentifs au clair de lune
toute la nuit ils valseront
Montant, descendant, se croisant.

Dans les prés chantent les grillons.

Par delà les murs du jardin
le couchant les invite en vain
à s'enfuir vers les monts lointains.

Ils choiront là sur le gazon.

Demain, dès le soleil levant,
d'autres groupes tourbillonnant
oublieront lestement le deuil.

Des fleurs naîtront sur les tilleuls.

Sur les forêts préhistoriques
les moucherons traçaient déjà
leurs figures chorégraphiques.

Nul homme ne les dérangea.

Un jour sur nos océans morts
et clos par les même décors

s'engloutiront les derniers corps.
Les moucherons viendront encor.

Ils ignorent quand commença
le bal qu'un soir imagina
un ancêtre abscur de leur race.

Leurs descendants prendront leur **place.**

Ils le continuent aujourd'hui
sans prévoir l'incertaine nuit
où s'éteindra la fête folle.

Ainsi se rue et farandole
la horde des vivants frivoles !

*
* *

Traversons leur démente ronde
et désignons d'un doigt troublant
sur l'horizon lointain des temps
le terme qu'éternellement
Dieu fixe au lourd essaim des mondes !

III — AVEUGLEMENT

Arbres, gestes muets de la terre qui prie,
vous leviez en hiver vos bras nus vers les monts !
Mais l'homme passe aveugle, ou fuit, courbant son
[front,
sous l'essaim tournoyant de vos feuilles flétries.

A vos signes trop clairs, de tous côtés s'oppose
une épaisse forêt de dieux de chair ou d'or ;
et l'œil ne voit jamais glisser sur les prés morts
le Maître du printemps qui réveille les roses.

Chapitre I

ANGOISSES PAIENNES

IV — BEAUTÉ PERDUE

Je voudrais d'un écrin abriter l'étang vert
de tes gazons me révélant leur beauté tendre,
ô plaine, où le printemps naïf se laisse éprendre
de ce soleil hardi montant au matin clair.

De ton âge sans fard le charme fugitif
demain aura passé comme ici-bas tout passe
et, l'hiver, un vol lourd de feuilles dans l'espace
au vent, dispersera tes sourires tardifs.

V — JOIES BREVES

Enfant, qu'attendrit
ce beau paysage
mon âme partage
ton émoi subit.

Vois, la plaine, au loin,
s'endort nonchalante
et la lune argente
nos désirs sans fin.

Mais un glas secret
sonne sur nos heures
et son rythme effleure
mon cœur inquiet.

VI — RAYON

Œil de feu clignotant sur la face des nuits
près des confins du monde un nouvel astre a lui :

Loin des calmes veilleurs comptant les nébuleuses,
le rayon trace au ciel sa course fabuleuse.

Du fond des temps, trouant l'infranchissable espace,
il frôle impétueux les constellations,

puis, vise enfin la terre, au fond de l'horizon
où l'attendit en vain l'ancêtre de nos races ;

mais ce soir, promeneur pensif, tu sortiras
parmi les champs obscurs, sans but, portant tes pas,

et l'éclair, qui raya si longtemps l'étendue,
va te heurter soudain au fond de l'avenue.

Sais-tu qu'en ce moment fugitif de l'atteinte
depuis mille ans et plus, l'étoile s'est éteinte ?

*
* *

L'éphémère lueur a repris son essor
vers des cieux inconnus s'accélérant encor.
Le froid baiser de l'astre est le baiser d'un mort.

VII — AMOUR DECEVANT

Un grand amour m'emplit pour cette plaine verte
et sa clôture, au loin, dans les airs, de monts bleus...
Si calme est la vallée ! On la croirait déserte,
n'était un coq jetant son chant fier sous les cieux.

Affalés, quelques bœufs ruminent sur la mousse
ouvrant sur les vergers leurs yeux indifférents......
L'après-midi d'été s'en va d'une mort douce :
dans les logis fermés, sommeillent les enfants.

Contre un arbre insensible à ses enlacements,
parfois un vent léger se plaint ou s'exaspère........
Plus loin, des pins tendant leurs branches régulières
semble prêter vers moi de solennels serments.

Oh ! prends garde mon cœur, devant ce jour trop
                                          [beau !...
Ces forêts aux cent bras qu'un clair soleil argente
sont-elles, rangs pressés escaladant la pente,
une horde ruée à l'assaut du coteau ?

Vois... une averse accourt enjambant les montagnes
et, courant lourdement sur les champs assombris,
le suaire s'étend, d'un ample brouillard gris.
Désole toi mon cœur devant la nuit qui gagne !

Ainsi s'effaceront, les uns après les autres,
ces pics, ces bois, ces prés, par mes yeux possédés,
et l'instant fugitif où le présent fut nôtre
et tant de jours que nul ne reverra jamais.

VIII — STOICISME

(Prose)

Cherchez, pour nous, un hâvre illusoire et lointain
fugitives nuées qui, sur le ciel, voguez
dispersant à tous vents vos beautés éphémères !

Je préfère des bois l'humble fidélité
au val qui les vit naître et les verra mourir
et leur patiente tâche exécutée sans fièvre.

Nous irons recueillir leur discrète leçon
sous l'ombre séculaire, assis sur l'herbe douce
aux pieds d'arbres muets, vivant leur lente vie ;

aux pieds d'arbres muets figés en mille poses
courbés sur le gazon ou dressés vers le ciel
et qui m'accueilleront sans rien me demander...

Sous le soleil tournant qui fait mouvoir leur ombre
dans le cercle où s'inscrit leur domaine exigu,
ils se plaisent, restant toujours aux mêmes places,

et les voyageurs las qui s'en vont par les routes,
inassouvis d'aspects nouveaux sur notre globe
s'arrêtent apaisés devant leur air tranquille.

Un aride coteau leur masque les couchants,
mais, gardiens entêtés du morne paysage,
refoulant leurs désirs, ils restent à leur poste.

Pour leur sol nourricier leur jalouse beauté
se réserve, et leur vie aux grâces renaissantes
enchante le seul lieu où Dieu les fit germer.

Ils ne connaîtront pas les vallées prestigieuses
où d'autres arbres verts voient d'autres horizons :
ils mourront là, voués à leur destin banal.

Mais, pour récompenser leur humble acceptation
des jours se ressemblant et de l'obscur effort,
qui, dans le sol profond, recherche au loin les sèves,

les saisons, en passant, caresseront leur front,
les parant tour à tour de vert, de pourpre et d'or
et les vents, accourus des îles d'outre-mer,
leur secoueront les lourds parfums des fleurs
                              [lointaines.

IX — FUITE VAINE

Place de la gare
un brouillard m'étreint
et je cherche un train ......
Enfin on démarre :
les wagons défilent.
Je vois fuir la ville ......

Lampes des faubourgs
et plaques tournantes !
Le dégoût tourmente
mon cœur resté lourd ......
Eclair d'un rapide
qu'on croise : « Il est vide ! »

La locomotive
qui ma peine avive
siffle éperduement.
Dans le firmament
un astre tranquille
m'estime fébrile.

La plaine sans fin
fuit derrière moi
en grand désarroi ......
L'égarai-je loin,
cette fois guérie,
ma mélancolie ?

Tiens, on ralentit,
proche une fenêtre !
Je vois apparaître
auprès d'un bon feu
la mère et son fils ......
Comme ils sont heureux !

Une lampe douce
se joue autour d'eux :
Oh ! pouvoir comme eux ! ......
Non ! mon spleen me pousse ......
Ce n'était pas là,
la joie est là-bas ......

Par delà les monts ......
Enfin, on s'arrête ......
Mon Dieu ! Qu'elle fête !
Tout voyage est long !
Installons bien vite
mon bonheur au gîte.

Je prends ma valise
et, sur le trottoir,
plein d'un grand espoir
qui me galvanise,
je saute pour voir
sur un banc assise
qui, hélas m'épie
sous son voile noir :
ma mélancolie .

Ah ! comment la fuir ?
Il faut repartir
au-delà des mers ......
Peut-être qu'ermite
au fond du désert
l'aurai-je éconduite ......
Essayons de suite !

Le même convoi
l'emmène avec moi !

X — TOUT PASSE

Tout s'en va : Tout s'en va : l'eau coulant sous les
                                          [ponts
le soleil somptueux qu'engloutit l'horizon,
et les nuées au ciel fuyant dans la tempête,
et les mille pensers tournoyant dans ma tête.

Sous la clarté qui tremble et s'use de ma lampe
je suis là, seul, ce soir, dans mon fauteuil assis,
la planche d'un vieux meuble a craqué dans la nuit,
j'entends les chocs pressés du sang contre mes
                                          [tempes.

Car tu t'en vas aussi, mon corps qui t'ankyloses :
bientôt, au bout d'un doigt catégorique et sûr
mon destin flamboyant s'inscrira sur le mur,
et s'évanouiront les hommes et les choses ......

La bûche de mon feu s'effondre consumée ;
il se fait tard, dix coups s'abattent du clocher.
Tout s'en va, tout s'en va, mes rêves mes années ;
j'appelle en vain mes amis morts pour m'épancher...

Mais à travers ma vitre, énorme et goguenarde,
La lune de toujours sans pitié me regarde...

XI — BONHEUR FRAGILE

Sortant sa tête au bord du nid,
la mère couve ses petits.
Le mâle module ses trilles.

Le soleil, à l'horizon, baisse ;
dans la plaine où ses moutons paissent,
un jeune pâtre s'égosille.

Au clocher tinte un angélus.
Sur un banc sont venus s'asseoir
deux vieux tisonnant leurs espoirs.

Le petit-fils part en voyage ;
la nuit tombe sur le village,
bientôt ils ne se verront plus.

Dans la forêt où tout s'endort,
les branches, solennellement,
se balancent au gré du vent.

Sous les étoiles qui s'allument,
le rossignol, seul, chante encor,
la couvée à l'abri se serre sous les plumes.

Au bas, dissimulé dans l'ombre d'une roche,
où l'on voit flamber ses yeux d'or,
un chat noir les surveille et sans bruit, se rapproche.

XII — SECOURS TERRESTRES

Aux teintes douces de ses fleurs
s'enchante un jardin de mes rêves,
où rient impalpables et brèves
les folles heures de mon cœur.

Mais la brise émeut l'air léger
et trouble le parfum des roses.
La menace hante les choses ......
De quelle main nous protéger ?

Vais-je entendre éclater un cri
Sur ce lac fourbe et taciturne ?
Là-bas une lampe nocturne
réveille les sous-bois surpris

Cher secours d'un œil clairvoyant
dont le rayon discret emporte
dans un remous de feuilles mortes
tout l'effroi de ce soir méchant.

XIII — JOUR DE MISTRAL

Sur le sentier léger que soutient la colline,
un mistral s'évertue, haletant, contre moi,
puis se couche, alangui, sur la lande et les bois,
lassant, en bons géants, sa folle indiscipline.

Sous sa chute invisible un champ de blé se penche
et des lames, berçant l'herbe du pré voisin,
en de longs replis verts se poursuivent sans fin
jusqu'aux pins affolés tordant au loin leurs branches.

Pauvre petite fleur si timide et si mince
tu gardais ton parfum à l'abri de ce mur
mais ce soir t'a brisée, en passant ce vent dur.
Et tout près, sur ta mort, un portail bat et grince.

Et moi je sens mon cœur tout piétiné de crainte
sous ce vent despotique hurlant de l'horizon ...
Mais un grillon chétif, blotti sous le gazon,
espère, et vers le ciel rythme ma frêle plainte.

XIV — LACHETÉ

Aimé, l'enfant candide aux prunelles brûlantes,
s'émerveille des monts dont se mure le val :
l'espace le ravit et des rêves le hantent
de voir la mer lointaine où dort le ciel austral.

Monotone est la vie en cet horizon triste...
— Lys du jardin enivrez-le de vos parfums ! —
Son cœur s'éprend de tout et sa langueur persiste
en ces jours trop pareils au cortège importun.

Inutiles sursauts d'une âme trop avide...
Ah ! grandir envié ! passer brillant et fort !
Mais non : toujours sur nous pleuvent des heures
Peut-être en sera-t-il ainsi jusqu'à la mort.   [vides.

« Dans tes yeux grands ouverts joue un essain
                                        [d'étoiles
« mais le ciel fuit, sans voir, sur tes deux bras ten-
                                        [dus.
« Les astres trop lointains restent froids ou se voilent.
« N'épuise pas tes jours en ces gestes perdus !

« Va, des groupe rieurs sous les arbres te hèlent
« où le gazon est tendre et l'air voluptueux :
« une autre aube demain t'éveillera plus belle.
« Sur ton jardin bien clos laisse tourner les cieux. »

Aimé, las de son rêve, est allongé sur l'herbe
et s'endort pesamment aux soleils de midi.
Le vent chasse au couchant ses délires superbes
et gémit dans les lys qui s'effeuillent sur lui.

XV — TERRE

Montagnes claires du levant
Qui vous haussez au bout des champs
Que surveillez-vous si longtemps ?

Un siècle que cent ans déroulent ;
la houle des blés sous les vents ;
les vergers fièvreux au printemps ;
les bourgs morts dont les tombeaux croulent ;
les flots majestueux qui coulent
et s'endorment sur l'Océan ?

La terre millénaire et toujours rajeunie
transportant d'autres pics qu'éveille le matin,
et, loin du sûr abri des chênes et des pins,
le fragile gazon risqué sur la prairie.

Les plaines découpées en carrés innombrables
par des rangs d'arbres fiers que heurte l'ouragan,
et les routes, lançant en tous sens leurs traits blancs,
que suivent, tournoyant, le vent avec les sables.

La terre qui, la nuit, comme l'astre lointain,
dans les temps révolus change à peine sa face
et, sur le fond des cieux, toujours passe et repasse
inattentive aux pas martelés des humains.

*
* *

Terre, ce soir, ému par ton serein mystère,
sur la lande penché, j'écoutai dans ton sein
rouler le flot des morts qui s'écoule sans fin....
Seul, un zéphyr léger chantait sur les bruyères.

Mais, là-haut, dix yeux d'or s'ouvraient dans la
[Grande Ourse,
dix mille astres cillaient au fond du firmament :
longs et fervents regards d'amour enveloppant
la Terre qui fuyait d'une insensible coûrse.

XVI — VIEILLESSE

Dans le pays natal où je reviens ce soir
les maisons, dans les champs, toujours aux mêmes
[places,
et les pommiers fleuris, rangés sur leurs terrasses,
semblent sur mille pieds se hausser pour me voir.

Pauvres amis, les fleurs des printemps disparus
trop longtemps, trop longtemps, ont neigé sur ma
[tête.
Les flots des jours m'ont balloté dans leurs tempêtes.
Ma porte me regarde et ne me connait plus.

XVII — VIEUX CHATEAU

Tirons la cloche à la porte du vieux castel :
du donjon, où il dort dans son observatoire,
peut-être le guetteur, venant à notre appel,
nous introduira-t-il aux salles de l'histoire.

Quel fantasque baron des vieux âges de fer,
s'arrêtant là le soir de quelque ardente chasse,
épris soudain de solitude ou de l'hiver,
a voulu sur ce pic abrupt, planter sa race ?

Prolongeant le rocher, au-dessus de l'abîme,
pour narguer l'assaillant, se hisse un mur hardi ;
des trois tours le soleil couchant rougit les cîmes :
le torrent, sur les rocs, dans la gorge, mugit.

Quel cœur audacieux dressa vers les nuages
ce séjour renfrogné, sur ce plateau sauvage ?
Quel front exaspéré de farouches désirs
sur les tours, en plein ciel, a rêvé de surgir ?

Heurte : heurte, ô mon rêve, aux murs de l'oratoire !
Peut-être sous les noms usés des dalles noires,
ses os blanchirent-ils, dispersés aujourd'hui ?
Quel flot vers l'océan les entraîne avec lui ?

Ses fastes oubliés n'allument plus l'effroi...
Ce sentier vit pourtant haleter sous les bois
sa chevauchée, et luire, un soir, ses yeux de flamme.
Cherchons dans l'air léger l'empreinte de son âme !

Voulait-il échapper à la voix obsédante
d'un remords lui clamant ses crimes impunis ?
Loin de ses bourgs grondants en révoltes démentes,
voulait-il fuir des serfs que la misère unit ?

Désabusé du monde et de ses amours vaines,
mais conquis par la paix des montagnes sereines,
voulut-il sur leur flanc, où meurt l'aigle blessé
calmer son cœur devant leur immobilité ?

J'écoute... Aucun écho ne dit son nom lointain...
Ni la brise d'été qui gémit dans les pins ;
ni les vents de l'hiver qui mordent sur la pierre...
Mais son âme, ce soir, flotte sur la clairière.

XVIII — DEVANT LE FLEUVE

Entre les rangs compacts des arbres sur les rives
implorant la nuée et le vent qui s'en va
des gestes solennels et confus de leurs bras,
du fleuve vers la mer se chassent les eaux vives.

Une lourde vapeur tombe du train qui passe
puis glisse au flot qui la déroule à sa surface,
la dispersant sans bruit et sans laisser sa trace.

Sur le sable où mon pied moula sa frêle empreinte,
la vague accourt agile ouvrant sa folle étreinte
et je la vois s'enfuir emportant dans son sein
des fumées et des pas, l'éphémère dessin.

Et les monts, les vieux monts aux poses immobiles,
depuis l'impénétrable origine des temps,
haussent sur l'horizon leurs fronts pacifiants [Villes.
pour veiller tous nos morts gisants aux seuils des

En ont-ils vu des bourgs rongés par les saisons
s'évanouir au fond du même paysage,
pendant qu'ils restent là, regardant d'âge en âge,
les flots naître et s'enfuir entre deux horizons.

Eux-mêmes sur leurs flancs, sentent crouler sans
                                                    [trêve
la terre molle et s'effriter les durs rochers
en évoquant en vain des brumes de leurs rêves
leurs sommets d'autrefois dressant des pics altiers.

Et l'aube approche où roulera le dernier flot
entraînant vers la mer le dernier grain de sable,
quand des soleils futurs darderont de là-haut
sur nos océans secs leurs rayons implacables.

Ces astres : d'autres yeux les verront-ils encor
quand flotteront sans but au ciel leurs globes morts ?

XIX — SAVOIR

Sur le grand désert plat rayé de caravanes
le sphinx pesant, au bord de la piste accroupi,
par delà l'horizon, contemplant l'infini,
depuis quatre mille ans, immobile, ricane.

Les hommes intrigués s'arrêtent devant lui
et cherchent à percer la face énigmatique,
son œil, s'égare au loin, impassible ou sceptique.
Peut-être est-il rongé d'un incurable ennui ?

Peut-être retrouvant le ciel toujours semblable
et la succession morne de nos saisons
sourit-il de nous voir en ce maigre horizon
mourir en inscrivant un nom vain sur le sable ?

Il a vu galoper des hordes déchaînées.
A son ombre ont campé les lourds prétoriens.
La terre a bu le flot des peuples anciens.
Les vents soufflent vainqueurs sur leur trace effacée.

Peut-être scrute-t-il dans un monde inconnu
l'âme des Pharaons que leurs crimes torturent
et voit-il, au-delà des fières sépultures,
les tyrans fastueux glisser craintifs et nus ?

Chaque passant voudrait connaître le secret.
Soupçonnant sous ce front la froide raillerie
il s'irrite à ses pieds, montre les poings et crie . . . . . .
. . . . Depuis quatre mille ans le sphinx rit et se tait.

XX — ILLUSIONS

S'étant mirée à l'abreuvoir
la lune flâne, au ciel, ce soir.

Elle ira jusqu'aux antipodes
allonger l'ombre des pagodes

Pour revenir demain matin
contempler ce pays latin.

Elle a connu Ramsès, Ulysse,
vu l'image de feu Narcisse ;

Vraiment m'aurait-elle aperçu
Sur notre hémisphère exigu ?

Me croirai-je, exacte vestale,
l'humble élu de ta grâce ovale ?

Hélas, elle troubla déjà,
cette nuit, dans l'Inde, un rajah,

Et sa même face attentive
hier, intriguait le Khédive.

Elle me quitte froidement :
reviendra-t-elle encor longtemps ?

XXI — SARCOPHAGE ENTROUVERT

Le tombeau s'est rouvert après quatre mille ans
et le civilisé voit surgir du mystère
deux squelettes unis d'Aryens dont le temps
négligea d'effacer les traces éphémères.

Pour fixer dans la mort leur désir immortel
quand leur pauvre bonheur s'écoulait goutte à goutte,
elle a voulu mourir entre ses bras sans doute.
Une dalle a scellé leur secret éternel ......

Puis, les siècles, sur eux, ont changé les décors,
déployant tour à tour et la mort et la vie.
Sous l'annuel retour des fleurs de la prairie
grain par grain se mêlait la cendre de leurs corps.

Un homme d'aujourd'hui de son pic sacrilège
a découvert ce soir ces deux corps enlacés.
Un grand passé muet sauvagement protège
l'amour dont souriaient jadis leurs yeux glacés.

Etait-ce aux jours sanglants de la lutte des races
quand, farouches, fuyaient les guerriers éperdus,
qu'ils inhumèrent là, dans ce coin de l'espace,
l'épouse avec le chef, sous ce vert tumulus ?

Des vases, des colliers, des flèches, des outils ......
révèlent les objets familiers qu'ils aimèrent
et que, le cœur empli d'un espoir puéril,
ils gardaient auprès d'eux sur le seuil du mystère ....

*
* *

Le passant s'est penché sur la fosse et réclame
leur confidence à ces ossements inconnus ......
Le temps roule en son flot tous ceux qui ne sont plus.
A peine un geste au loin dit l'appel de leurs âmes...

XXII — INSTANTANES DU JOUR QUI PASSE

Dans l'embrasure d'un portail
deux petits garçons jouent aux billes.

Notre Sous-Préfet sur le mail
prend l'air, galant, sourit, babille.

Sur un banc, contre le moulin,
au soleil, un vieux s'accagnarde.

Dans l'auto qui passe grand train
vois, la jeune fille se farde.

* * *

Un brusque vent s'élève et passe
claquant les volets de la place
et le monde a changé de face.

* * *

Le fossoyeur prend ses outils
dépend la clef du cimetière :

ce soir, il paraît qu'on enterre,
le préfet, un vieux, deux petits.

Dans son cercueil s'en est allée
la fiancée inconsolée ;

Et le fossoyeur à son tour
ira bien les rejoindre un jour.

Sur le cyprès noir d'une allée
un rossignol a fait son nid.

Il chante là depuis minuit
pour distraire sa bien-aimée.

Sur la route près du moulin
une vieille garde sa vache ......

Entre les arbres siffle un train
qui fuit, éffilant son panache ......

XXIII — LA VIE CONTINUE

Pointés vers le ciel bleu s'érigent les cyprès
sur lesquels le grand vent déferle en houles lourdes ;
mais les âmes des morts, au fond des tombes sourdes,
se cloîtrent des clameurs qui passent sur les prés.

Autour des bourgs, sur terre, en blanches banderolles,
s'étoilent les chemins, où vont, se poursuivant,
l'œil avide et hagard, le front dur, les vivants,
qu'un fou désir, mordant toujours leurs cœurs, affole.

Le soleil qui se couche illumine les faces
d'immobiles maisons éparses dans les champs,
où, sous le toît, blottis, la mère et les enfants
se bercent des rumeurs qui courent dans l'espace.

Un vol blanc de ramiers glisse au-dessus des blés ;
des rangs de peupliers dressent de fervents cierges ;
et, penchant leurs corolles lourdes, les fleurs vierges
versent en balançant leurs parfums sur les prés.

Les blés silencieux percent dans les sillons.
Un nuage sanglant s'éteint sur les monts mauves,
et s'allument partout les lampes des alcôves,
mais croît, au loin des mers, un fiévreux carillon.

Car l'aurore déjà luit rose aux Amériques,
aiguillonnant de ses rayons les dormeurs las,
dont les convois sifflants s'accélèrent là-bas,
emportant les humains vers leurs destins tragiques.

Ils s'empressent, ardents, vers tous les horizons,
et toujours, surgissant, des foules les remplacent
qui, dans mille cités, fourmillent sur les places ......
Sur les monts d'alentour, reverdit le gazon.

Sur les cinq continents le vent gronde en tempête ;
mais, dans leurs durs cercueils, silencieux, cloîtrés,
les morts aux caves yeux restent sous les cyprès,
et les humains hâtifs s'agitent sur leurs têtes.

XXIV — PROMENADE D'AUTOMNE

En de longs frôlements, glissant sur l'avenue
un vent échevelé s'écorche aux branches nues.
Seule, entre les hauts murs des sévères tuyas,
se risque l'anxieuse empreinte de mes pas.

Il fait froid : solitaire, une fleur, dans les prés,
grelotte, et mon émoi la cueille apitoyé,
mais, volage, abandonne au désert du chemin
la corolle broyée où la couleur s'éteint.

Là-bas, dans la forêt, au sommet d'un coteau
émerge en murs ruinés, un maussade château,
et, plus loin, les monts lourds, en vagues successives,
se poussent déferlant vers d'invisibles rives .

Et je m'attarde là, sur ma chétive place.
Oh, comme il m'étreint dur le minuscule espace
où gît la fleur, où le mur croule, où le vent passe,
où des monts effrités s'effacera la trace !

Mon cœur, mon pauvre cœur
te submergera-t-il ce vieux monde qui meurt ?
Vois, aux flancs frémissants des mamelons voisins,
un vert gazon jaillit gonflé d'épis prochains.

Chapitre II

INQUIETUDES RELIGIEUSES

XXV — CANTILENE EN MONTAGNE

La fillette chante au jardin,
son chant monte dans l'air humide ......

Un mont taciturne et aride,
l'écoute seul dans le lointain,

* * *

Sous les sapins sa cantilène
tisse un mol attendrissement ......

Le long d'un fleuve dans la plaine
des trains sifflent éperduement.

* * *

Son cœur s'abandonne à la brise
son chant comme son rêve est pur.

L'épervier dardant son œil dur
au fond du ciel s'immobilise.

* * *

Comme un cristal dans l'air léger
la voix claire tremble au verger ......

La forge au village s'allume ;
le fer heurte clair sur l'enclume ......

* * *

Emporté sur les vocalises,
mon cœur d'un fol envol se grise ......

Le cri rauque de la corneille
choit d'un cyprès dans son oreille.

* * *

Le chant veut s'enhardir, mais n'ose,
et se trouble au parfum des roses ......

Un faucheur dans le pré voisin
sabre farouchement ses foins.

* * *

Caresse de la mélopée
sur mon front brûlant de pensées !...

Sous un brusque vent qui fraîchit
la forêt longuement frémit.

* * *

La nuit tombe, l'Angélus tinte
et l'enfant module une plainte ......

L'éclair a blanchi la montagne,
un sourd grondement l'accompagne.

* * *

Le chant s'éteint dans une allée.
Une ombre glisse entre les buis ......

Le brouillard froid pleure et s'enfuit,
un chien hurle dans la vallée.

* * *

Une voix inquiète appelle.
La fillette rentre chez elle ......

Dans un coin du ciel éclairci,
une première étoile luit.

XXVI — VERS QUEL BUT ? ——

Voiles irradiées et glissant sur la mer,
la mer qui vous épie en vagues clapotantes,
vers quelles aubes d'or cinglez-vous confiantes ?...
Mettez barre et courez droit sur l'horizon clair
      si lointain, si lointain
que nul n'a pu l'atteindre encor sur son chemin. —

« Nous allons ,nous allons vers les aurores roses
là-bas où le soleil flambe sur l'océan.
Sur les môles, pensifs s'arrêtent les passants.
Ils nous voient au loin fuir dans une apothéose
      au grand jour, au grand jour
qui les fait défaillir de regrets et d'amour. » —

Resteront-ils ainsi, hésitants à partir ?
Oh : la banalité des hâvres et des rades :
Levant l'ancre eux aussi vers le large ils s'évadent
on les a vus longtemps sur la houle bondir
      et s'enfuir et s'enfuir
      vers un ciel inconnu
et d'où jamais, jamais, aucun n'est revenu.

Mais ce soir, cent nuées entraient voiles aux vents
dans le port vaporeux qu'embrasait le couchant.

XXVII — OMBRES SUR LA ROUTE

Sur le globe endormi dans l'azur impalpable
chaque homme s'affairant au soleil de midi,
l'animal indocile et le mont acroupi
renversent derrière eux leurs ombres implacables.

Le voleur méfiant qui s'échappe à la brume
et les chiens, dans la cour, hurlant au clair de lune,
s'irritent, étonnés, du spectateur obscur
qui s'arrête auprès d'eux, profilé sur les murs.

A chaque aube, naissant des contours de ma chair,
elle obsède mes pas, s'établit dans ma vie,
et quand, pour la saisir, mes deux bras battent l'air
ils implorent en vain sa forme évanouie.

Affolé de la voir derrière moi bondir :
figure énigmatique, obstinée à ma trace,
je me perds dans la plaine et m'acharne à la fuir...
De complices couchants l'allongent dans l'espace.

Ainsi, sur le sentier qui flamboie au soleil
ou que le soir submerge au fond des plaines noires :
l'arbre tord devant moi ses branches illusoires
barrant tous mes chemins de mystères pareils.

XXVIII — OMBRES SUR L'HISTOIRE

Brève image d'oiseau me frôlant dans son vol,
ou du vif papillon traversant l'avenue :
oh, qui pourra compter les ombres inconnues
qui, sans rayer la route, ont traîné sur le sol ?

Ombres de Darius et de Napoléon :   [nombres ;
des foules cadençaient près d'eux des pas sans
ils ne nous ont laissé que l' empreinte d'une ombre,
d'une ombre qui glissa sur le mur des maisons.

Lui-même l'univers n'est qu'une ombre qui passe
ébauchant ses contours blafards sur le chemin,
et le dernier jour vient où cette ombre s'efface
comme un sillage ouvert du doigt sur le bassin.

XXIX — OMBRES SUR LA CAMPAGNE

Vois, submergeant partout la plaine ensoleillée
la transparente nue accourt aux flancs des monts.
Sous le flot vaporeux fuyant vers l'horizon
ondulent des blés verts les pelouses moirées.

XXX — OMBRES DANS L'UNIVERS

Devant le firmament béant et solennel
observons l'ombre blême où rêvent les planètes,
et cherchons les soleils éclipsés qui projettent
leurs subtils faisceaux noirs glissant au fond du ciel.

Quel est, dans l'univers, cet être insaisissable
qui semble inexistant et surgit en tous lieux ;
qui, du berceau, leva des bras aux miens semblables
et, se dressant un jour, scellera mes deux yeux.

Derrière l'astre éteint, dans l'espace éternel,
quels cieux s'en vont noyés dans la nuit implacable ?
Ou, quand un monde obscur roule son orbe au ciel,
quels sont les feux lointains que cette ombre signale?

Quand, à l'aube, s'allonge un mont sur la prairie,
vaporeux messager de nos soleils levants :
est-ce de cieux plus clairs, qu'en l'univers mouvant,
l'ombre fidèle expose une image amoindrie ?

Rêveur, qu'angoisse en vain ta nuit inséparable
mille astres t'ont lancé leurs signaux dans les cieux.
Cherche plus loin encor d'un œil insatiable : ......
Peut-être le soleil n'est que l'ombre de Dieu !

XXXI — SPLEEN ENCORE

Le cri d'un vieux marchand qui passe dans la rue
traîne et décroît, chagrin et triste, infiniment.
Je l'entends, s'éteignant au fond de l'avenue ......

Pleure-t-il sa jeunesse effeuillée au grand vent
ou sa peine et sa faim chaque jour renaissants ?
Un soleil blanc et lourd darde du firmament.

Pensifs et leurs yeux las, clignant à la lumière,
le flot des promeneurs, intarissablement,
coule sous le vent fou qui tournoie en poussière.

Au jardin, un dindon se pavane en gloussant ......

La-bàs claque la mitrailleuse, au polygone ......

Oh ! comme ce long jour m'eut paru monotone
si l'Angélus lointain n'eut sonné dans le vent !

XXXII — CIMETIERE DE CAMPAGNE
(Prose)

Un vent froid tourbillonne âprement sur les tombes,
et la porte de fer grince et bat sur ses gonds.

Des pierres renversées gisent sur le gazon ;
seul, entre les ifs noirs, dans un rayon de lune,
un Christ blême se dresse au détour d'une allée.

Morts vêtus de draps blancs, enfouis sous l'herbe verte
la terre lourde pèse et tient vos lèvres closes...
Et, sous mon pas léger, vous restez silencieux !

Oh ! l'implacable étau qui comprime vos bras !
Vous ne pouvez donc pas, en soulevant la dalle,
jeter vers le village un formidable cri,
qui retentisse dans la nuit
vers vos fils assemblés, calmes, autour des lampes !

Non, malgré tous les yeux luisants de ses fenêtres
qui semblent regarder ici,
le village est absent de vos nuits glaciales,　　　[raides
o morts froids, impuissants à mouvoir vos corps

Réunion des veilleurs paisibles dans les salles ;
près de l'âtre blotti, le cercle de famille   [blé pousse.
rêve aux grands champs obscurs, où, sans bruit le

Et l'on entend, derrière soi, contre le mur,   [portes,
pendant qu'en vain, au dehors, la bise heurte aux
à petits pas discrets, se poursuivre les heures.

Guettant le seul retour des aurores nouvelles,
tous ont l'oreille ouverte aux bruits de l'avenir,
le passant lit des noms que chaque année efface.
Nul ne va aux cyprès faire les morts surgir.

*
*   *

Avec sa fiancée
Le jeune homme rit !

L'aïeul vénérable
auprès du feu clair
sourit à leur rêve ......

Du bébé la mère
caresse le front.

Et toi l'homme fier,
chef de la famille,
dont la rude main
rompt pour tous le pain,
oh ! compte-les bien autour de la table
encore ce soir ......

                car là-bas, là-bas,
                où la porte grince, ...
                par le chemin creux
l'un après l'autre, ils vont partir, au crépuscule,
suivant le prêtre las de les conduire tous ......

Les morts se serreront pour leur faire la place !

Cependant bercés par le même vent
qui court et sanglote à travers les tombes,
le village a fermé, un à un, tous ses yeux,
tous ses yeux de feu clignotant dans l'ombre.

*
* *

Et morts et vivants dorment silencieux
                sous le vent qui passe ...... [tranquilles
C'est par un soir pareil qu'au fond des cieux
éclatant tout à coup sur le monde endormi,
la diane inattendue des trompettes mystiques
sonnera le réveil des vivants et des morts ......

*
* *

                                        [tombes
Ce soir, un grand vent froid tournoie autour des
et la porte de fer grince et bat sur ses gonds.

XXXIII — VIVRE

Subtil Ezéchiel, cette nuit, le printemps
passe, multipliant ses appels sur les plaines,
et sur la lande morte, et sur le morne étang
s'éveille un long soupir dont frissonnent les chênes.

Un amour innocent gonfle les prés lointains
dont le visage s'offre au soleil qui ruisselle.
Et, sur les amandiers, debout, dans les jardins,
s'éploient, en un vol rose et blanc, les fleurs nouvelles.

Le grand vent plisse au loin la moire des blés verts,
tandis que, s'alarmant d'obscures influences,
grisés des parfums chauds qui flottent dans les airs,
les cris nerveux d'un paon, irritent le silence.

C'est la vie indomptable et que l'hiver enferme
sous la glèbe insensible et les monts refroidis
mais qui, se révoltant depuis le premier germe,
toujours, hors du linceul, se glisse et reverdit :

Solennel, comme hier, là-haut le soleil passe ;
sous ses rayons frôlés, les blés croissent sans bruit,
et, sur l'horizon vert haut dressé dans l'espace,
les forêts sourdement semblent monter vers lui.

Mais l'homme à l'œil éteint tombe et dort sur les
délaissé par l'espoir dont son front s'éclaira. [routes
Quand, triomphant du froid, des péchés et des doutes
s'offrira-t-il à Dieu qui l'épanouira ?

XXXIV — AU GRAND VENT

Lorsque vous inclinez vos branches en cadence.
arbres, vers qui, de loin, lancez vous des appels ?
Vers quels amis cachés aux profondeurs du ciel
semez-vous dans le vent, vos feuilles en silence ?

Si longtemps, si longtemps vous fûtes là tranquilles
assemblés, droits et fiers, au sommet du côteau,
vos fronts verts rayonnants aux cieux matutinaux
méprisaient des humains l'affolement stérile.

Pour qui donc aujourd'hui s'agitent vos long bras ?
Par signes, parlez-vous quelque langue inconnue ?
Voulez-vous arrêter les fugitives nues...
si distraites là-haut, des beautés d'ici bas ?

Est-ce à l'homme sans foi que vous vous adressez
quand, vous penchant en chœur sous la brise qui
                                        [passe,
vous saluez au loin quelque part dans l'espace
l'inaccessible Dieu que vous seuls connaissez ?

XXXV — DIALOGUE METAPHYSIQUE

Cantonnier, cantonnier, tes cailloux sont bien durs
mais c'est fort sagement que ta masse les brise...

— Je suis vieux ; quand mon dos s'engourdit sous la
je me regaillardis à l'abri de ce mur   [bise
          et bois un peu de vin.

— Devant les promeneurs tu tapes comme un sourd.
A chaque coup s'accroit ton tas triangulaire.
N'as-tu jamais tout bas compté toute ces pierres ?

— Un monsieur fort savant fit ce calcul un jour :
          je n'en ai pas besoin.

                                        [passent
— Tous ces camions bruyants qui sur la route
Ont bien vite broyé ces galets que tu casses...

— Bah ! il en reste encor dans le lit du ruisseau,
et j'ai pour transformer en pavés ce côteau
          de quoi gagner mon pain.

— Cantonnier, c'est durant un temps incalculable
que le globe a peiné pour durcir tes cailloux
et la cendre des morts se mélange à ton sable...

— Vrai, je n'y pensais pas ! moi, je frappe à grands
  sans m'informer de rien.   [coups

— Brave homme, il te faudrait un ferme et vaillant
qui faisant près de toi le rude apprentissage, [bras
t'aiderait, puis, plus tard, continuerait l'ouvrage
   le jour où tu t'arrêteras.

— Ma foi le prendra qui voudra !
Quand je serai là-bas, sans chair, au cimetière,
il fera comme moi l'autre casseur de pierres.
   il se débrouillera.
        [chaussée
— Cantonnier, ton front sourd courbé vers la
n'a-t-il pas soupçonné d'autres routes encor
derrière la colline autour de toi dressée ?

— J'ai failli voyager quand j'étais jeune et fort...

— Cherche donc dans la nuit la route aux pavés d'or
où monte en tourbillons la rafale insensée
de cent mille univers, flamboyante poussière,
prenant au fond des cieux leur grandiose essor.

Il faut aussi là haut quelque casseur de pierres !

XXXVI — RECHERCHES

Du ciel l'impénétrable voûte
fuit notre œil en vain le fouillant.
Un insecte, antenne en avant ,
sur le sentier cherche sa route.

Ainsi l'homme doute, tâtonne
et voudrait saisir l'au-delà...
L'horizon noir qui l'environne
recule à chacun de ses pas.

Un savant à l'esprit subtil
a calculé le poids des astres...
(Les cieux sont bien étroits, dit-il,
nous en dresserons le cadastre.)

Mais l'âme, toujours inquiète,
ne peut se fixer nulle part...
La plus lointaine des planètes
n'est jamais qu'un point de départ...

Pour un monde futur se forme
la nébuleuse éparse encor...
d'autres s'éteignent, se transforment ?
des fiancés y sont-ils morts ?

Loin des sources, toujours poussé,
 le flot humain roule et s'empresse ;...
l'historien vers le passé...
se retourne et guette sans cesse.

Je m'empare de la lunette
et veux sonder le même point...
C'est bien en vain que je m'entête :
le passé ne révèle rien.

Au sein d'antiques océans,
nous crûmes voir le premier germe :
la vague passe, se referme :
son mystère est clos aux vivants.

Dans les couches géologiques
où sombrent lentement les morts :
Je me penche sur tous ces corps :
ils me fixent énigmatiques.

Dans l'atome qu'il analyse,
le chimiste tâte un appui :
mais le sol dur sous son pied fuit
et la recherche s'éternise.

Il s'arrête et cause avec moi
mon ami qui m'est si semblable...
Depuis si longtemps je le vois.
Son cœur me reste impénétrable.

Une même sève conduite
se mue en fleurs, en fruits, en bois.
Où précisa-t-elle son choix
dans ce marronnier qui m'abrite ?

Ainsi l'homme doute, tâtonne,
voudrait étreindre l'au-delà...
L'horizon brumeux l'environne
et se recule à chaque pas.

Mon âme s'affole et divague...
Que phare allumé sur les mers
et balayant au loin la vague
me ralliera dans l'univers ?

Pendant ce temps un arbre pousse,
dont le tronc sera mon cercueil,
 et naît, quelque part, sous la mousse,
 le ver qui va guetter mon deuil.

Le passé fuit silencieux,
le firmament reste impassible,
mais flambe au ciel inaccessible
l'éclair : signature de Dieu.

XXXVII — VOYAGE ! DESIR ! DESIR !

Les arbres s'enfuient et les fermes passent
et la plaine accourt au-devant du train
et, toujours nouveau, l'horizon vorace
s'ouvre à mes désirs s'élançant plus loin.

Inquiets, les monts du couchant regardent,
se disant tous bas : « où donc s'en vont-ils ? »
mais, sourd et brutal, le convoi poignarde
de l'air insurgé l'obstacle subtil.

Dans la douce nuit qui croule en silence
nous guident au but les lignes de fer.
Porté par l'envol du fracas immense
mon émoi bondit au delà des mers.

S'allument cent fois les brèves lumières
des logis veillant dans la nuit des prés.
Où crois-tu freiner ta course aux chimères
rêveur qu'un Dieu prit en son char ailé ?

XXXVIII — CONFIANCE

Un arbre défeuillé sur l'horizon d'hiver
tend, tragique et dolent, son squelette à la bise.
L'ouragan chasse au firmament des brumes grises
et le jour morne coule aujourd'hui comme hier.

L'arbre est un chêne dont la rude et noire écorce
depuis des siècles s'offre aux morsures des vents ;
dressé sur le sol dur, conscient de sa force :
l'ouragan qui l'étreint le laisse indifférent.

Une à une il a vu, de la gaine arrachées,
ses feuilles s'envoler tournoyant dans le soir,
et pourrir à ses pieds ses branches desséchées.
Lui, résiste : muet symbole de l'espoir...

Quand la tempête accourt et hurle déchainée
qu'importe si l'hiver lui glace ou tord les bras ?...
Au rendez-vous fixé du printemps, chaque année,
le soleil est exact : l'arbre reverdira.

XXXIX — TEMPS PÈRDU

La pluie innocemment pianote
sur le feuillage dans la nuit.
Pleure, averse, sur mon ennui !
Mon âme tinte aux frêle notes.

Vœu de sentir ces doigts agiles
qui, dans les champs, frôlent les fleurs !
Que n'effleurent-ils ma douleur
endormant mes chagrins dociles ?

Subtile odeur montant des choses :
le soir en est tout embaumé ;
Il ne sait pas, mon cœur fermé,
brûler l'encens comme les roses.

Loin, comme un chant, l'averse expire
dans le silence mécontent,
car j'ai laissé s'enfuir le temps
et du parfum et du sourire.

Là-haut, sous un dernier nuage
me trouble l'éclat d'or d'un œil
et, trop tard, je comprends l'accueil
qu'eut aimé Dieu sur son passage.

XL — DANS L'ESPACE ET DANS LE TEMPS

Sur la plaine un nuage passe.
L'heure sonne au vieux prieuré.
Un gros platane à l'air bonasse
monte la garde au coin du pré.

Au vent, tremblent les folles herbes
accrochées aux flancs des côteaux,
Et s'écroulent les lourdes gerbes
au signal cadencé des faulx.

De brefs éclairs d'aciers s'envolent
devant les pas du moissonneur.
Un oiseau lourd d'amour affole
de chants fiévreux son frêle cœur.

Une pierre sous mon pied roule.
Là-bas le ruisseau suit son cours
et des blés ondule la houle
sous le vent qui souffle toujours.

Heure brève, perle fragile,
que laissa choir sur le chemin,
dans mon existence tranquille,
l'univers se hâtant plus loin.

T'apercevra-t-il dans les feuilles
qui tourbillonnent sur mes pas,
l'ange qui me suit et recueille
toutes mes heures d'ici-bas ?

XLI — CLOCHE SUR LA CAMPAGNE

Cette aigre cloche qui s'égoutte
sur ma route
et sur les luzernes mouillées,
peut-être, inquiète, elle pleure
sur mes heures
aux quatre vents éparpillées.

Sa voix qu'un bras secret cadence
sans nuance
sanglote lamentablement.
Du haut de sa mince tourelle
hèle-t-elle
les brumes qu'entraîne le vent ?

Ou bien vers les cités voisines
qu'on devine
à travers l'averse qui vient
annonce-t-elle dans l'espace
à nos races
le grand cataclysme prochain ?

A moins qu'elle ne s'ennuie
          sous la pluie
si loin des martinets criards ;
et voulant, bien que solitaire,
          se distraire
chante-t-elle dans le brouillard ?

Voix des alarmes inconnues
          continue
à nous traquer de ton glas lourd,
car peut-être es-tu Dieu lui-même
          qui nous sème
ses appels sur les carrefours.

XLII — EXPÉRIENCE

J'ai longuement sondé la profondeur des yeux
respirant le parfum qui flotte autour des âmes ;
nulle ne m'a séduit et je reste anxieux.
Mon douloureux espoir me mord comme une **flamme.**

J'ai longtemps accueilli le jeune émoi des cœurs
changeant en miels très purs leurs éparses tendresses;
dans mon sein inquiet s'agitent des rancœurs
et mon doigt trop sensible à tout contact se blesse.

Je rêvais de saisir sur l'étang du jardin
des astres flamboyants l'errante multitude.
Mais ils m'ont fui, glissant d'un solennel dédain,
et l'eau méchante inscrit ma froide solitude.

Las de ces vains souhaits j'ai cru vouloir mourir,
tant m'ont leurré déjà les hommes et les choses ;
mais j'ai compris, heurté partout aux âmes **closes,**
que vers Dieu seul volait en plein ciel mon désir.

XLIII — LE VENT PASSE !

Le cadran de ma chambre
dont l'œil blanc s'ouvre au mur,
cadence d'un pas sur
les heures de décembre.

La bise hurle aux portes
et tournoie en chemin,
vers des buts incertains
poussant les feuilles mortes.

Sur l'aire du ciel clair
aux lices déblayées,
s'essoufflent les nuées
vers les cieux d'outremer.

Sur les toits des maisons,
dans les airs emportées
s'effilent les fumées
glissant vers l'horizon.

Closes par l'âtre noir
s'exaspèrent les flammes
comme de folles âmes
vers d'insensés espoirs.

Cependant qu'au jardin
d'une terreur commune
semblent fuir sous la lune
la horde des sapins.

Rués sous la rafale
j'entends bondir des champs
mille graviers claquant
aux vitres de la salle.

Au loin, le soir venu,
tremblent les mille phares
des rades et des gares
et des trains éperdus :

Quand passent les rapides
qui courent dans la nuit
emportant, endormis,
les voyageurs livides,

et que, sur l'océan,
des vagues jamais lasses
roulent et se remplacent
intarissablement.

De tous points d'horizon
soufflent cent mille haleines
traquant de plaine en plaine
l'homme dans ses maisons.

  Clament cent voix puissantes
dans l'énorme rumeur,
huant joies et douleurs
de nos cités ardentes...

Fuient aussi les humains
cahotés dans leurs bières
vers tous les cimetières
de cent méridiens.

Et fuit aussi la terre :
et suit tout l'univers
des astres éphémères
au fond des cieux ouverts,

où, debout, aux confins
des horizons stellaires,
depuis des millénaires
silencieux, se tient,

Dieu, roulant d'un bras fort
l'orbe lourd de l'espace
où, sur des lointains morts,
l'ombre des siècles passe.

CHAPITRE III

PRIÈRES APAISÉES

XLIV — PLUS LOIN ! PLUS HAUT !

Les œillets somptueux que vous m'avez offerts,
chaque jour, lentement, dans leurs vases pâlissent
et, malgré mes regrets, mes soins et l'eau propice,
la corolle s'incline et le parfum se perd.

Ainsi, toujours, la vie et ses bonheurs peureux,
fuyant nos doigts tendus, de la table s'échappent,
et nos larmes, le soir, s'égouttent sur la nappe...
Le même jour flétrit et la fleur et nos yeux.

Laissons la fleur défunte en son cristal étroit...
Calmons ce pauvre cœur qui crie et s'exaspère
et, libre des pleurs vains et des joies éphémères,
que son désir, ô Christ, s'épanouisse en toi !

XLV — PRIERE DANS LA NUIT

Un astre, éteignant là son éclair éphémère,
à chaque instant s'immerge aux grands cieux étoilés.
Où vont-ils ? Est-ce en vous qu'ils seraient rappelés,
grand Dieu muet, dont me tourmente le mystère ?

Si ces monts s'épaulant vers le ciel, si l'orage
courant sur l'horizon vers un but inconnu,
si l'oiseau qui s'élève en chantant, éperdu,
par leurs essors sans fin témoignent votre ouvrage,

Seigneur, exaspérez l'angoisse de mon âme,
car c'est vers vous que crie en naissant mon désir ;
alarmez ces vivants qui rient et vont mourir,
pour que leur pâle effroi vers vous se tourne et clame;

Risquant sur l'infini mon anxieuse plainte,
je vais, mains en avant, dans notre monde étroit.
A tâtons, dans le noir, je me heurte aux parois.
Seigneur, viens rallumer ma pauvre lampe éteinte !

XLVI — ANGOISSE APAISEE

Ah : quels mots inconnus à toute bouche humaine
et jetés dans la nuit qui vient battre mon seuil
exprimeront, un soir de larmes ou d'orgueil,
les appels éperdus de mon âme trop pleine ?

Un cri me répondant du fond de l'infiini,
viendra-t-il réjouir mon oreille attentive
et verrai-je, accourant soudain de l'autre rive,
un passeur m'emporter sur l'océan soumis ?

J'ai trop longtemps vogué dans l'angoisse et l'effroi
et parcouru sans fin la mouvante avenue :
toujours montait au ciel quelque étoile inconnue
illuminant des nuits nouvelles devant moi.

Sur les confins du monde où mon œil s'évertue
il n'est plus de pilote, ô Dieu, si ce n'est toi.

XLVII — QUE CHERCHONS NOUS ?

MATIN DE PAQUES.

                                                [champs
Front inquiet, cœur lourd, je cherche à travers
mon bonheur qui, ce soir, m'invitait en passant
            d'un appel rieur sur la route.
J'ai suivi sur les prés son pas agile et fol
mais un oiseau de nuit m'effleura dans son vol
            et maintenant j'hésite et doute.

Est-ce lui qui, là-bas,, au détour du sentier,
masque blème embusqué derrière un peuplier
            m'examine en silence ?
Sous le vent, le taillis paraît s'enfuir vers lui ;
je cours... pour voir surgir du lointain bleu des nuits
            la lune hilare qui s'avance ;

La lune aux lents rayons frôlant le bois voisin
et marquant la maison blottie entre les pins
            où mes vœux me feront accueil :
Parfums des nuits glissant par les croisées ouvertes,
coq matinal sonnant si fier sa brusque alerte...
            hélas, le toît gît sur le seuil !

Mon pas viole sans bruit la cour où l'herbe pousse ?
Le pleur clair d'un grillon s'égoutte sous la mousse ;
      est-ce un glas de mes rêves vains ?
Ou, grisé, clame-t-il sa joie en son corps frêle ?
Je me penche attentif ?... soudain la voix se scelle.
      Aveugle, je cherche des mains.

*
* *

Ainsi, vais-je égaré au sein des nuits trompeuses...
Ni lumière, ni voix, ni formes vaporeuses
      n'accordent les bonheurs promis...
Peut-être, avec Marie, à l'aurore pascale,
questionnant l'ange blanc qui s'asseoit sur la dalle,
      apprendrons-nous où Dieu l'a mis.

XLVIII — FIAT

                                        [campagnes
Clameur du vent : Clameur du vent sur les
qui chasse en tourbillons les sables du chemin.
Terrasse-t-il, ce soir, les tilleuls du jardin ?
Froides, sur l'horizon regardent les montagnes.

Dans mon feu qu'il attise, il geint lugubrement :
des damnés furieux hurle-t-il les blasphèmes
ou, d'un naufrage en mer dit-il l'effroi suprême ?
Qui comprendra les voix sanglotant dans le vent ?

IL gémit sous ma porte, il pleure à ma croisée
et sous son baiser froid a frissonné ma chair.
Vient-il pour me séduire et par delà les mers
m'entraîner avec lui en folles randonnées.

Dans quelque tourbillon formidable aperçu
d'un haut essor j'irai franchir les Atlantiques ......
Au Zénith, en narguant mes amis apathiques
je verrai dans les nuits flamber la Croix du Sud.

Non, frère, apaise un peu la fièvre de ta tête !...
Laisse fuir la rafale et hurler l'ouragan.
Tiens toi debout, jetant ton cri dans la tempête :
        Dieu t'y protège. Dieu t'entend.

XLIX — LEÇONS

Ce chêne aux bras musclés se tend vers le soleil
et son geste fervent à mes peines s'inflige.

Oh mon cœur cherchant un conseil,
Que ce monde plus ne t'afflige !

Que ma chair, vers mon Dieu, dresse un effort pareil

L — APPELS DANS L'UNIVERS

Siècles et univers comme une lente neige
pleuvent du fond des cieux perpétuellement.

Les heures, devant nous, passent en long cortège
disparaissant, lassées, aux confins du néant.

Epave en l'infini, Seigneur, quand donc verrai-je
ta lumière émerger sur l'Espace et le Temps ?

L'orage lourd, au loin, sur la mer s'amoncelle
soulevant vers mon front des flots chargés d'effroi.

Mon cœur abandonné sur son écueil t'appelle
et disperse ses cris dans la nuit du ciel froid.

O Seigneur, surgissant sur la plage éternelle
quand donc pour me sauver marcheras-tu vers moi ?

LI — SINCERITE

Des doigts légers de jeune fille
libèrent les airs d'un piano
retombant comme un clair jet d'eau
qui chanterait sous la charmille

Dans l'après-midi d'été lourd
sur le fauteuil où je somnole,
je présume un tremblant amour
de quelque cœur qui se console.

Le fiancé pour le Maroc
s'éloigne au gré d'un froid navir
La frêle enfant saigne du choc
qu'elle en reçut sous un sourire.

La main glisse sur le clavier
mais le désir bien loin s'évade.
Ah : que ne savez-vous prier ?
délaissant ces accords bravades :

Air faux dont un cœur maladroit
farde son bel amour qui pleure,
car Dieu qui, seul, rythme nos heures
consolerait vos vains effrois.

LII — PLUS PRES DE DIEU

Dans l'odorant verger où s'effeuille en silence
des cerisiers d'Avril la fragile blancheur,
grisé par l'air léger, la lumière et les fleurs,
j'ai cru voir refluer l'aube de mon enfance ......

Quand pour ses cieux changeants le miroir du bassin
interrompait mes jeux bruyants sous la tonnelle :
quand, sur l'horizon clair, mes naïves prunelles
cherchaient quelle nuée emportait mon destin.

Lorsque je m'avançais dans le printemps nouveau,
ébloui par l'envol et la chute indécise
des pétales neigeux dispersés par la brise,
et qu'un soleil levant colorait les coteaux.

Sur les monts chevauchés par une auguste aurore,
semblait me convier la voix de l'avenir ;
des rêves que mon front ne pouvait contenir
carillonnaient joyeux leurs angelus sonores.

Et j'allais radieux dans l'air frais du matin ......
La route de mes jours s'ouvrait brillante et douce, ..
L'amour rieur m'offrait ses bras nus sur la mousse.
et la gloire en dansant venait sur mon chemin ......

Un soir pervers d'Avril m'égara dans les champs
quand du soleil défunt pendait la face pâle ......
Un vent froid au verger dévasta les pétales,
et dans la nuit qui vint je rentrai, frissonnant.

*
* *

De fièvreuses cités montrent au loin leurs feux.
Sur mon seuil nul visage ami ne s'inquiète ;
soulevant le rideau ma vieillesse me guette.
Du fond de l'infini, veillez sur moi, mon Dieu !

LIII — BRUSQUE EFFROI

Un soir, marquant soudain la fin de mes veillées
pendant que se tordront les flammes du feu clair,
pendant que claquera la pluie à ma croisée,
un long frisson glacé surgira dans ma chair.

Dehors, geindra la bise acide de décembre ......
La mort m'ayant touché le cœur d'un index froid,
seul, l'écho répondra sinistre dans ma chambre
au livre abandonné que feuilletaient mes doigts.

Sur le fauteuil vacillera ma tête lourde
et mes yeux grands ouverts fixeront l'au delà,
et le premier qui, lors, pour me voir entrera
poussera de grands cris devant ma face sourde.

Puissé-je, au fond de mes prunelles éperdues,
de ta main qui se lève et dompte la tempête
Christ, emporter l'image à mon mur suspendue
et la chaste vision, Vierge, de ta statue
calmant le brusque effroi de mon âme inquiète.

LIV — VENDREDI SAINT

Salus mundi.

Dans l'immobile espace où les mondes cheminent
essaimant leurs lueurs sur l'éternelle nuit,
l'univers fasciné par le vide poursuit
un destin sinueux que nul œil ne devine.

Et, pendant que traçant leur orbite éperdue
les mondes ponctuels au fond du firmament
tournent, depuis toujours, silencieusement,
voici qu'un long frisson glisse sur l'étendue ;

Près du néant, au loin, un globe imperceptible
que le grand tourbillon précipitait aussi,
a soudain fulguré sur les cieux obscurcis,
lançant à l'infini son signal indicible :

Une clameur jaillit perçant l'immensité
que répète l'écho longtemps de monde en monde,
et du haut des temps sonne au large la seconde
qu'en mille astres épars guettait l'humanité ......

Car, là-bas, dans l'éclat étrange de la terre,
répondant par un cri d'holocauste à l'appel
des plus obscurs pécheurs aux frontières du ciel,
Jésus vient de mourir sur la croix du calvaire .

LV — ROSAIRE

MYSTERES JOYEUX ;

Annonciation

Les yeux des peuples morts on vainement guetté
l'aurore où blanchirait soudain leur nuit étrange,
seul, un lys, sous la garde invisible de l'ange,
propose l'humble éclat de sa virginité.

> Telles les gouttes d'or qu'en mer
> verse en passant l'heure étoilée,
> sur une âme de Galilée
> s'épanchent les cieux entr'ouverts.

Visitation

Jusqu'au Temple où gémit l'appel du genre humain,
voici que, précédant la passante anonyme,
l'écho d'un cri d'amour répond de cime en cime :
Elisabeth l'écoute au détour du chemin.

Des monts se haussent curieux
pour voir passer la jeune vierge,
et les arbres de l'ombre émergent
aux clartés douces de ses yeux.

Naissance

Sur les seuils, d'âpres voix ont jeté leurs refus
à la mère en souci de son Dieu qui va naître :
à qui donc iront l'ange et l'étoile apparaître
pour marquer l'abri sûr qu'implore l'enfant nu ?

Au fond du caravansérail
dorment la haine et la luxure.
Pour offrir leur tendresse obscure
l'âne et le bœuf vont au portail.

Présentation

Siméon surgissant des solennels parvis
a gravi l'escalier de marbre où l'encens fume.
Il tend au ciel l'enfant comme veut la coutume,
et, du soleil qui passe, un rayon court vers lui.

Le vieux prêtre est ce soir bien las
tant il immola de colombes ;
du moins pour éclairer sa tombe
emporte-t-il Dieu dans ses bras.

Au milieu des docteurs.

Trois jours, près d'un pilier, l'énigmatique enfant
dans leur savoir chétif les trouble et les harcèle,
et les rabbins confus prolongent leurs querelles
sous le calme défi de deux yeux indulgents.

Savants et docteurs d'Israël
en d'ambitieux philactères
croient emprisonner les mystères :
le ciel sur eux tourne, éternel.

MYSTERES DOULOUREUX.

Agonie.

Dans la nuit inquiète où défaille Jésus
Jean et Pierre ont dormi, Judas veillait. C'est l'heure !
Christ, ce hideux baiser dont le traître t'effleure
c'est sur ton cœur sanglant que tu nous l'as rendu.

Voyageur qui veux pénétrer
sous ces oliviers séculaires,
ce rocher que la lune éclaire
un soir entendit Dieu pleurer.

Flagellation.

Pour que luise encor l'âme aux yeux éteints des morts,
pour que nos cœurs flétris de son sang pur renaissent,
auprès du cep vivant deux vendangeurs s'empressent
exprimant le fruit mûr que leur offre son corps.

« Beau procès ; le prétoire est plein :
« La vérité — « Laissez les rire ! »
« Jésus n'a rien de mieux à dire ? »
Ils vont tous se laver les mains.

Couronnement d'épines.

Pilate au palais rentre imposant et craintif :
sa ruse a pu calmer ce tumulte stupide.
Mais un écho soudain court dans les salles vides.
Il s'arrête et sourit : « Salut ! ô roi des Juifs, »

« Allons, soldats, amusez-vous ;
« c'est une aubaine sans pareille
« d'avoir pour passer cette veille
« à s'égayer d'un pauvre fou. »

Crucifiement

Exsangue, sur le ciel, halète un condamné.
Les soldats jouent aux dés sa robe et se disputent.
Le sol tremble, un grand cri soudain se répercute
qui monte dans l'espace et dans l'éternité.

Arbre planté sur le coteau,
dont les branches sont si petites ,
qui peut compter ceux qui s'abritent
sous tes dérisoires rameaux ?

MYSTERES GLORIEUX.

Résurrection.

Sur la ville s'éteint une longue lueur
car une aube imprévue a rougi la montagne :
hagards, les soldats fuient à travers la campagne.
« Fais-moi toucher, Thomas, la plaie où **bat son**
[cœur »

Des gardiens sur le cercueil
ont roulé cette grosse pierre.
Le flot de l'oubli s'exaspère
et meurt devant ce frêle écueil.

Ascension.

Ils surgissent, foulant le piédestal d'un mont
qui hausse vers le ciel un sommet solitaire,
et Jésus, que reprend l'invisible lumière,
leur montre des chemins fuyant vers l'horizon.

« Frère, tes jours s'en vont sans bruit
« et naît quelqu'un qui te remplace.
« Suis le groupe immortel qui passe
« vers l'aurore où Dieu le conduit.

Pentecôte.

Un vent sacramentel ébranle la maison.
Ils sortent. Un esprit parle en eux sur la place ;
et, venus à leurs voix de tous points de l'espace,
roulent vers Dieu les flots soumis des nations.

> « Qui sont ces hommes exaltés
> « dont la voix submerge la ville ? »
> — « Ils disent que sur leur asile
> « Le feu du ciel s'est arrêté ? »

Assomption.

Ce matin, Jean, pensif et triste, allait revoir
celle dont il fermait hier les yeux limpides.
Sans s'étonner, il a trouvé le tombeau vide :
ainsi doivent s'unir l'hostie et l'ostensoir.

> L'astre suit son cercle éternel ;
> l'homme aspire à Dieu qui l'enflamme,
> et quand, dans son corps, brûle une âme,
> un vent léger l'enlève au ciel.

Couronnement.

Le Père sur le seuil majestueux attend.
L'Esprit éclaire au loin l'imposante avenue.
Le Fils prend par la main la nouvelle venue.
« — Mère, peux-tu là-haut entrer sans tes enfants ? »

> A quoi sert la poussière d'or
> qui, la nuit, au ciel tourbillonne ?
> Dieu pour ciseler sa couronne
> n'eut qu'à puiser dans ce trésor.

LE MONDE PASSE.

> *Inquietum est, Domine cor*
> *nostrum donec requiescat in te.*

Au fond des cieux béants
l'univers suit sa route
et le temps goutte à goutte
coule implacablement.

Quels retards inconnus
hâtent l'essaim des astres ?
Vers quels fatals désastres
roulent-ils éperdus ?

S'en vont-ils tourmentés
dans le ciel qu'ils explorent
par des désirs qu'ignore
la calme éternité ?

Est-ce en fol désarroi
qu'en la nuit de l'espace
toujours plus loin s'efface
l'étincelant convoi ?

Ou quelque doigt lointain
trace-t-il d'âge en âge
d'un tragique voyage
l'inflexible chemin ?

Croient-ils au fond du ciel
ouïr une présence
jetant sur le silence
son invisible appel ?

Ouvrant leurs yeux de feu
sur les routes obscures,
lancés à toute allure
les astres cherchent Dieu.

DOUTES.

Crois-tu qu'il s'intéresse à ton Galiléen
l'actif Chinois semant son riz aux terres basses ?
Cent peuples diligents du Celte au Chaldéen
sont entrés au néant sans voir surgir sa Face.

Regarde au sein des nuits l'astre silencieux
dont te poursuit depuis cent siècles la lumière :
sais-tu si quelque jour des hommes éphémères
sans attendre un Sauveur n'y vivront point heureux ?

FOI . . . .

Aveugle, nulle part de la terre aux étoiles
tu ne peux tâtonnant explorer un chemin ;
sans qu'un œil attentif ouvert sur ton destin
à tous les carrefours du monde se dévoile.

Nos ancêtres errants à travers les forêts,
quand le soleil brillait sur les jeunes montagnes,
le devinaient déjà planant sur les campagnes
et saluaient sa gloire éblouissant les prés.

Plus tard, épouvanté d'un ciel hostile et froid,
n'est-ce point encor lui qu'en prières vides,
déçus par le sommeil d'une image stupide,
ont appelé de loin les peuples et les rois ?

Loin de l'étroit enclos où sont parqués nos mondes,
toi-même, voyageur, qui sens ton cœur bondir,
dans ton âme exaltée où d'obscurs désirs grondent,
c'est lui qui te tourmente et tu ne peux le fuir.

En vain, tu veux jeter ta course à travers champs
pour égarer ces yeux qui sur tes yeux se posent :
deux bras tendus en croix à ta fuite s'opposent
et leur ombre grandit sur les soleils couchants.

En vain d'un libre essor tu te réfugieras,
traversant l'infini d'une ardente envolée,
sur quelque astre perdu dans la nuit désolée :
aux confins du néant, tranquille, Il t'attendra.

Car, toujours emportant avec toi tes désirs,
sondant tous les chemins décevants de la vie,
tu traîneras en toi ton âme inassouvie
dont quelqu'un usera sans trêve les plaisirs.

Frère, tu n'y peux rien, il te suivra toujours :
au fond du firmament comme au fond de ton âme,
partout une Présence éternelle proclame
pour toi son formidable et prévenant amour.

* * *

Quand, anxieux guetteurs des océans du ciel,
les vieux mages debout sur les tours de Chaldée
virent l'astre nouveau surgir de Galilée,
ils partirent, émus par cet étrange appel.

* * *

[Damas,

« Seigneur, comme à Saint-Paul, chevauchant vers
« comme aux mages troublés dans leurs veilles
[austères,
« dirigez sur mes yeux votre rude lumière. »
« Mon fils, que luise en toi ma clarté, me voici.
« C'est bien toi qu'aujourd'hui mon regard considère.
« Mais, tel l'enfant trop riche, aux débiles soucis,
« Vas-tu de mon amour te défendre et te taire ?....

« Ou comme Jean, poser ton front entre mes bras ?..

« Christ, quand tout nous égare et s'écoule ici-bas,
« à qui donc irions-nous si vous n'étiez point là ? » ..

LVI — APOTHEOSE

                              [passent,
Quand vous aurez semé votre âme aux vents qui
quand vous aurez cent ans vu rouler l'univers,
quand vous aurez aimé, chanté, souffert
et rempli de vos jours votre coin de l'espace.

Quand les mers dans leurs flots vous auront emporté..
Sur nos troubles désirs, nos pleurs, nos espérances
comme un vaste océan de mort et de silence
les siècles étendront leur immobilité.

A jamais se tairont les villes infécondes ;
mais, comme au loin, en mer, brillent de frêles feux.
nos âmes sur l'abîme où sombreront les mondes,
ivres d'immensité, s'avanceront vers Dieu.

Et, toujours réflétant des lumières nouvelles,
scintillant de rayons plus vifs, toujours... toujours...
pour s'offrir à la gloire, à la paix, à l'amour,
elles s'enfonceront dans la vie éternelle.

CHAPITRE II

INQUIETUDES RELIGIEUSES

CHAPITRE III

PRIERES APAISEES

AVIGNON
AUBANEL FILS AINE, Editeur
15, Place des Etudes, 15

1926
(Droits réservés pour tous pays)